A Dança de Shiva

A Dança de Shiva

Ricardo Pires de Souza

Dados Internacionais de Catalogação na Publicação (CIP)
(Câmara Brasileira do Livro, SP, Brasil)

Souza, Ricardo Pires de
A Dança de Shiva / Ricardo Pires de Souza. – Cotia, SP: Ateliê Editorial, 2010.

ISBN 978-85-7480-503-0

1. Poesia brasileira. I. Título.

10-04643 CDD-869.91

Índices para catálogo sistemático:
1. Poesia: Literatura brasileira 869.91

Direitos reservados à

ATELIÊ EDITORIAL
Estrada da Aldeia de Carapicuíba, 897
06709-300 – Granja Viana – Cotia – SP
Telefax: (11) 4612-9666
www.atelie.com.br
atelie@atelie.com.br

Printed in Brazil 2010
Foi feito o depósito legal

Sim, todas as religiões são caminhos, porém os caminhos não são Deus. Eu vi todas as seitas e todos os caminhos. Já não me incomoda mais nenhum deles. Depois de experimentar todas as religiões, compreendi que Deus é o Todo e Eu sua parte; que Ele é o Senhor e Eu seu servo; também compreendi que Ele é Eu e Eu sou Ele.

SRÎ RÂMAKRISHNA

para José Roberto Berni
in memoriam

Agradecimentos especiais:

A Irene Gaeta.
A Mariana Ianelli.
Ao Prof. Plinio Martins Filho.

Sumário

Prólogo

...perhaps even the creator of Visnu and Brahmã, worshipped by other gods.

THE OXFORD DICTIONARY OF WORLD RELIGIONS

Quando Shiva dança, o Universo renasce.

O Universo que, vindo de sua longa ronda de existência, necessita se reconciliar consigo mesmo, se contraindo para então, novamente se expandir.

Shiva é o Destruidor e, simultaneamente, o Criador.

Seu caráter masculino e feminino inclui todos os opostos e todas as ambiguidades da Vida, e é com sua dança que Shiva acolhe em si mesmo o mais extraordinário de todos os mistérios: o mistério da Morte e do Renascimento.

A Dança de Shiva

Após ter criado todos os mundos, Ele, que é o Protetor, no final do tempo faz retroceder os mundos ao Lugar de origem no seu próprio interior.

SVETASVATARA UPANISHAD, III, 2

Chegara finalmente o momento. Com ou sem sofrimento chegaria.

Inútil invocar deuses ou homens.

Os que viram a Grande Explosão sabiam que ele chegaria e até mesmo os destituídos de si nas cidades etéreas

Sabiam que todos acabariam grudados em suas poltronas.

O encantado Shiva, vencedor entre os deuses, imperador das nações, sozinho se elevaria em seu círculo de fogo e executaria sua dança na orla de tudo o que existe.

Dar o nome de destruição ao final do Universo talvez seja para os poetas, cuja palavra singular apenas quer se inventar e reinventar nas esquinas,

Embora a máscara de Shiva em sua negra aventura seja a do Destruidor.

Mas ele é Outro.

Foi do mesmo modo que, a partir de um minúsculo ponto, há bilhões e bilhões de anos, o Universo passara incomodado da condição de Não-Existência

À de Manifestação.

Neste espaço de tempo, com sua dança, Shiva, lavrador do desastre, levaria o Universo existente novamente ao mergulho na Não-Existência,

Incinerando vivos e mortos.

Para nós, deuses e homens, andarilhos de tantas religiões,

Este sentido do belo, este estado de pureza e revelação é inconcebível, e somente Shiva, com sua dança, detém o mistério e sabe nomeá-lo.

O Fim do Mundo viera como princípio superior, destino de onde regressamos, quase sempre tarde demais.

Porque eu, um mero mortal, de antepassados mortais e vida pública completamente banal, houvera sido escolhido para dar a notícia e convocar todos os seres, mortos e vivos, reais e imaginários, humanos e sobre-humanos, para assistir o derradeiro espetáculo da Manifestação, eu não sei;

Espantoso seja talvez exatamente por ser assim tão banal.

Não ousei recusar.

O Retorno de Ulisses

Ali, seus irmãos e amigos lhe farão solenes funerais, com um túmulo e monumento, pois esse é o quinhão dos mortos.

HOMERO

Relampejei em busca de Homero, desde a torre do mundo, e encontrei várias centenas de homeros bravios, muito parecidos entre si, neve sobre neve, profundidades dentro de profundidades,

Cada qual carregando versões ligeiramente diferentes da tragédia de Heitor sob os braços.

Espectrais, passavam o tempo mostrando uns aos outros suas versões e assentindo quando alguma parte em especial parecia uma solução sublime da guerra.

Menti para eles e disse a todos que eu era o autor do Universo.

Depois, chamei pelo sangue de um – e todos atenderam.

Nas costas cintilantes do Egeu, os marinheiros arqueados se contam e recontam: maneira de se sentirem vivos diante da face dos mortos.

Pequenas esquírolas de vida que se sobrepõem, recém-saídas de mães mortas no parto, nas costas do mar de Aquiles,

Desembarcadouro que nunca se cansa de enviar e receber os homens com seus mistérios matemáticos e a alma da filosofia,

Navios de história amadeirada, que portam a morte em seu fundo. É bem assim que sabem viver os soldados.

E ainda é assim, nestas paisagens de pedras. Vivem de guerras e conspirações, pois não sabem viver de outro modo,

E há milhares de anos não têm outro alimento que não azeite e morte sobre os fogões.

Sombras se infiltram entre os sábios aqueus. Dia após dia, ao final, o chão de terra batida acolhe a imortalidade. O Egeu se mumifica,

E, hoje, outras línguas vacilantes são faladas pelos mesmos nômades que, sob a lua, se contam e recontam para saber quem falta.

E se eu abdicasse agora de ser feliz e simplesmente estancasse o desejo torturado, contendo-o no abandono das expectativas?

Ulisses não retorna.

E se eu cultivasse a placidez de um mundo que é apenas o que é, e isso fosse bom e civilizado, mesmo sendo um antro, um cárcere subterrâneo onde vivem criaturas de ar, de tão pouco peso e tão frágil existência?

Ulisses não retorna.

E se eu transformasse em celebração o que hoje penso ser apenas carência, e separasse o mar do céu e da terra, e, enfim, de mim mesmo, gerando um testamento novo?

Ulisses não retorna à lua de Ítaca. Seu barco de velas, cordames e remos está oculto no mar, dançando completamente só. E ele está sedento, bebendo vinagre.

E se estes seres decaídos não parecessem geografias salientes como punhais?

Ulisses não retorna pelos caminhos adventícios, e sua tripulação se acha irremediavelmente perdida.

E se o assassino fosse imolado e a inteligência fosse abrangente e profunda?

O filho de Ulisses chora como um deus pequeno, mas ele ainda assim não vê seu pai retornar na neblina, pois Ulisses não tem onde pôr os pés.

E se o beijo sem intimidade fosse doce como matagais sob a chuva?

Ulisses se perdeu num ciclone. Como encontrá-lo para que ele possa presenciar o recomeço dos tempos?

Américas em Fogo

Estos son los nombres de los primeros hombres que fueran creados y formados: el primer hombre fue Balam-Quitzé, el segundo Balam-Acab, el tercero Mahucutah y el quarto Iqui-Balam.

Estos son los nombres de nuestras primeras madres y padres.

Popol Vuh

Foram os deuses e os guardadores de bestas que construíram este mundo novo de novas abstrações.

Fiquei esperando todo este tempo nos bairros velhos de Teotihuacán, tentando retomar os episódios que deixei inconclusos.

Perdi-me nos corações gelados dos venezuelanos e de outros irmãos isolados nestes campos de ruínas,

Existentes desde antes da Manifestação, quando nada ainda existia.

Um recorrente sentimento de luto vem me perseguindo desde então, reagindo à virulência dos deuses.

Culturas conquistadas e reconquistadas. Conquistados sabotando conquistadores,

Doando seu esperma aos filhos da América.

Conquistados e conquistadores, apenas rostos que contracenam.

Cada um de nós, um rosto que se vê em posição de enfrentar o olhar do inimigo

E sentir o desconforto de se perceber notado.

Não obstante, Shiva, a quem nada surpreende, deita-se em seus aposentos

E contempla a Não-Existência.

Aqui a terra descampada é o único valor e nem mesmo os deuses têm o direito de maltratá-la como a uma casa velha e rangente. Mas a iniquidade a corrói. Corrói a terra, corrói o cosmos,

Deixando apenas tecidos puídos em dispersão. E este Universo existe e já não existe, sem cronologia que o contenha. Insólito, existe ao mesmo tempo em que não existe. Assim como os corações dos mexicanos,

Meus irmãos no acaso.

Alguns ainda fazem obras de arte dos tocos calcinados das queimadas.

Naquele rio-mar banhamo-nos. Estas águas primordiais evocaram algo dentro de nós, estado de ser primitivo no qual voltamos a ser carapaças repletas de carne macia.

Bebemos desta água artística e depois, em delírio, nos atiramos no vazio.

Aspiramos este ar de orgia. Somos da raça dos homens e trazemos em nossa natureza grande flexibilidade e um impulso homicida; não tememos castigos, não tememos nem os filhos dos deuses nem os filhos dos homens,

E nossa pátria está nos mercados desolados onde se vendem, se trocam ou se compram partes das nossas almas.

A Montanha

para Irene Gaeta

Faço uma tradução de obscuros poemas que escrevi. Minha fidelidade à letra não é tal que não possa distorcer e recriar o mundo sem ritmo, quase só vocabulário.

Entoo uma sílaba qualquer procurando correspondência entre o lendário e o cronológico.

Passo-me por dramaturgo, descrevendo em linguagem cenários nos quais fundo e figura não se distinguem, e os registros são meras formalidades.

Só o que fica acima das nuvens pode antecipar a cena primeira da vida.

Esta é a Montanha de base larga, o Segundo Templo, a verdade do que se deseja e do que se perde.

A Montanha não se move, feita de coesões e relevos, inabalável com os estrondos que sacodem a consciência do homem.

A Montanha é o amor que une, o homem que regenera, a mulher que verte seu sentimento sobre a borrasca e se observa tomada de amplitudes.

A Montanha é o movimento imóvel, é o lar do sentimento.

Então, com as sombras das vidas, o Dragão se aproxima,

(Acima, a tempestade se agrava)

Vindo de alhures, dos domínios do futuro. Não brada, não esmola, não pede benção, não exige obediência, não espera cerimônias

(A tempestade amaina).

A Montanha abre as entranhas para que o Dragão faça delas sua morada

(A tempestade cessa).

Tento escrever sobre um casamento simbólico que traduza em palavras o que não pode ser traduzido senão pelo silêncio,

Como um grito para dentro de si, num orgasmo que recria Deus.

Os amantes se admiraram por um momento,

Como se fossem seres imaginários adquirindo matéria numa anatomia andrógina.

E assim copularam.

Atravessaram os recessos do tempo com seu amor e uma superposição de hinos compostos por alguma mente universal de passagem por esta existência,

Mas que também poderiam nunca ter sido compostos, simplesmente existido desde sempre, desde o começo ou desde a ausência de um começo.

Mensagem

Tomei Baruch pela mão direita e Fernando pela esquerda: se Deus de fato existe, por que ele precisa ser Deus?

(Fernando me olha inexaurível. Sua necessidade de escrever é genialidade, mais que talento. Morrer jovem em Lisboa no início da guerra deve ter sido necessidade. E o baú cheio de poemas e cartas outra mágica pulsão do pós-vida.)

Baruch meneou a cabeça, engoliu a saliva e respondeu: "Só há uma única substância: Deus; além dela existem somente atributos e infinitos por quês".

Fernando sorriu e confidenciou-me de rastros, por baixo da mesa, numa revelação: "Deus existe sim, mas não é Deus".

Entre a filosofia e a poesia achamos melhor tomarmos um trago num café qualquer em busca dos eternos fios que nos livram dos labirintos que somos.

Baruch, não habituado a beber, depois do segundo cálice de absinto, se queixou, patinando em sua voz de ébrio: "Ah, se eu tivesse um psicoterapeuta a quem recorrer..."

Fernando, que já havia emborcado vários e se passado por Alberto, Álvaro e Ricardo, concordou lubricamente: "E quem sabe um antidepressivo potente para aliviar a ruptura e o deslumbramento que a angústia causa..."

E em seguida pensou: "Mas não, resta-me apenas Whitman, seus versos irregulares e seu homossexualismo simbólico".

Também embriagado e já vendo fantasmas sobre os balcões, emudeci.

Abracei os dois (e mais as heterossombras de Fernando) e me pus a chorar.

Cortou-lhe a garganta de uma orelha à outra, abrindo um sorriso novo, jugular, pulsante, e empapando a camisa de rubro calor. Benvenuto bem sabe das coisas. Coisas de amigos

Com suas navalhas amigas, cheias de simbolismo, que constroem torsos de deuses e deusas para a eternidade enquanto entornam um copo de aguardente.

Não se deve ser vulgar, nunca, em nenhuma circunstância, mas ainda mais especialmente com as profissionais do sexo, cujos passados são inalcansáveis, mesmo as mais altas, as de olhos mais verdes, as de cabelos mais longos.

De tanto contar suas histórias e mentir, e mentir sobre as mentiras já contadas, nem mesmo elas sabem mais como tudo realmente aconteceu no limite do mundo.

Por isso chamo-as todas de Lilith (e elas me atendem).

Façam de nós, os cientistas, os que não podem morrer, e, se verdadeiras suas premissas, façam de nós os que vão na direção de si mesmos.

Viríamos dos espaços sublunares diretamente ao centro do Universo e não haveria quem se atrevesse a nos preparar um leito de morte. Estaríamos salvos com ou sem a graça divina.

Vítimas das indulgências, mas não do batismo, seríamos presas da loucura, mas nunca do sacerdócio. Seríamos as criaturas necessárias, os seres anódinos e universais, e poderíamos conhecer Deus pelo lado de dentro, sem cerimônias ou atos de fé.

Que façam em nós um detalhamento da alma, sem castrações ou argumentos, sem novenas ou ceticismo, e nos tragam boas-novas.

Que capturem para nós um moralismo amoral que nos permita beijar os lábios de Deus.

O Dorso da Noite

They said, "You have a blue guitar,
You do not play things as they are."

The man replied, "Things as they are
Are changed upon the blue guitar."

WALLACE STEVENS

Há um cigano em mim que se ocupa de morrer, Federico,

E, antes que mais e mais estrelas se desfaçam, procura contar com urgência suas histórias para que elas não se percam em domicílios incertos.

Há um cigano em mim que se ocupa de dançar, Federico,

Movendo-se solúvel num mar de unidades e esperanças, cantos e alucinações.

Há um mar de ouro em mim, e há – e por que não haveria, Federico? – uma lua de ouro em mim,

E ambos buscam saborear este cante e esta irrealidade que desde antigamente chamo vida.

Há uma dispersão de ocasos, diminutos ocasos, todos existindo a um só tempo, desmedindo o contorno da minha própria existência.

Lorcas esparsos me rodeiam, me negam quanto há de Universo simbólico em mim, desenganado, apaixonado.

Há em mim a dureza da finitude e da forma, mas há também um sobrepasso que antecede os que chegam e persegue os que vão embora.

Muitos tremores vindos da rua sem repouso, simulacro do Inferno, carros, enigmas, castelos, vento, ruína;

O barulho é o medo em punhos fechados, o próprio deus chamado Medo subindo as escadas,

Enquanto os comboios de motoristas mal-educados e os burocratas se insinuam nas brechas da vida que falta viver,

E uma fibrilação ventricular demarca assento para mais uma alma no espetáculo do Derruidor.

É tão divertido ser cheio de falhas, tão humano – e o humano é divertido.

Os heróis são cheios de responsabilidades; os deuses, repletos de perfeição. Ainda assim ninguém há de escapar do Dançarino;

Portanto, deixem-me ser falho, ridículo, possuído pela hipertensão arterial, pelo diabetes, pela depressão, e por todas as dissolvências para as quais uso a hipertensão, o diabetes, a depressão como desculpa.

A grande ave de asas de prata irrompeu. Era no dorso da noite.

Tudo ao redor se fazia imperceptível. As asas se fecharam numa roupagem e, dentro do mundo baldio que elas geravam, senti-me à vontade, meditando em qual realidade acreditar.

Dentro, a escuridão salvadora, o desconhecido sem tempo e sem culpa, o comando suave da alma.

Fora das asas brilhantes, meu outro eu jogado ao deserto das ruas, à solidão das relações sem sabor, ao burburinho dos lugares lotados em que o amor não está.

Os Sábios de Heidelberg

"Não é, Raana, que eu soe mais alto
Ou mais doce que os outros. É que eu
Sou um Poeta, e bebo vida
Como os homens menores bebem vinho."

EZRA POUND

O dia escuro pontilhou-se de sombras amarelas, olhos vigiando. Talvez pequenas criaturas praticando alguma maldade menor, talvez um diabo farejando carne,

Talvez um deus maroto querendo brincar.

O dia escuro é assim: finge ser curto, mas não termina, a cada novo anseio uma nova vida.

Mas luz nenhuma penetra sua densidade.

Quarta-feira, quinta-feira, todos mortos, sexta-feira, todos transformados em cinzas, sábado, automóveis continuam sua ronda, cantando pneus sobre os canteiros.

Domingo é dia de andar de bicicleta, de ingerir arsênico.

Segunda-feira e meu filho padece de suas primeiras poluções noturnas; depois, quebra o braço brigando na rua.

Respiro monóxido de carbono: é a terça-feira da eugenia,

A luz varre da minha memória a noção do dia que é hoje. É o dia do silêncio derradeiro, da vida após a morte, dia das espadas deste lado do mundo.

Do outro lado já é quarta-feira outra vez, ainda estou morto, caído nas ribanceiras invisíveis da vida, tentando subir sem sucesso por uma montanha,

Onde homenzinhos de olhos amarelos fumam crack sem parar, e depois vão brincar de matar banqueiros na avenida Paulista. Quinta-feira – eles uivam, qualquer forma de caos é mais emocionante do que a ordem.

Sexta-feira dos terraços me observa em suas horas, as moças cruzando e descruzando as pernas malhadas, já é sábado de novo, os dentes falsamente brancos,

Domingo, os úteros falsamente ocupados por mais uma celebridade.

A segunda é apenas a véspera da terça.

O fantasma de Leibniz era a transcrição da busca mais pura de Deus. Nietszche queria-O morto. Locke supunha uma alma vazia. De Hegel nada se entendia.

Cada um dos quatro como se nenhum outro houvesse no mundo.

Cada um dos quatro uma mônada com uma espada nas mãos.

E todos eles caíram, envenenados pelas palavras, excesso de pensamento, ilusões.

(Tinha o dia do Deus Único de ser aquele dia antecipado, o dia de ferro, o dia pagão,

Fazendo se desdobrar o único dia que daria a entender porque morreram os quatro.)

Oponho-me a tudo que se opõe a mim, minha natureza de terra, impulsiva e furiosa, anseia desintegrar toda e qualquer oposição,

Minha onipotência esmaga até mesmo aqueles que cruzam meu território por absoluto engano.

Sinto-me acuado nos pântanos de mim mesmo, pois o que não existe não existe,

E não desperdiço oportunidades de erguer meu estandarte de morte contra os pensadores de Heidelberg.

A poesia dos poetas é a que interessa, e não outra.

Nada me impacta além da poesia dos insubmissos, dos atormentados, cujo mundo se esconde nos interstícios da alma, onde o que é deixa de ser e o que não é passa a ser algo.

Há medo nesta ilha de pedra, medo do medo dos outros. Quero dos poetas ouvir a poesia que causa o medo.

Não quero viver como sábio, a quem nada importa.

Certo sábio dizia que o caminho para Deus envolve o árduo trabalho de carregar pedras para os monumentos. Chamei-o para ver o Ceifador.

Outro afirmava que somente o abandono de si mesmo pode levar a Deus. A este também convidei para ver Shiva dançar.

Outro ainda supunha que a vida livre de pecado e malícia seria a única forma de se temer a Deus. Também a este convidei para a festa do fim.

Mais um informou que a fé e a devoção eram o meio de alcançar a Divindade. Assim, convidei-o também.

São heróis com seus amuletos de ágata.

Eu, por mim, nada sei, sou apenas o mensageiro.

Os Sineiros de Suzdal

Lanço-a para bem longe, antes que ela me lance, esta pulsão de morte, que desde muito antes que eu me percebesse "eu" me acompanha.

Ela subsiste, eu resisto, chuto-a com força, pulsão-pedaço da minha alma.

Já tanto busquei ter calma, altivez, serenidade, mas minha vida interior sugere ir só, deixando-me neste pátio vazio, eu e meus versos.

Mas ir para onde no caos? Ir para dentro de mim, com antigos ideais de desapego do mundo?

Esta é a sina que leva o que pensava ser comigo e tão somente comigo a mesma vida reflexiva que sem mim não é vida,

Eu que sem ela em mim não sou mais do que uma louça na pia, esperando o próximo dia.

Agora fico aqui e a pulsão estrelada se agarra à minha perna, chuto na noite o ar apenas, e ela fica, negra, presa em mim, e eu a temo.

Pernoito no abismo. Reconto profundidades, para que todos nelas se precipitem. Chamam-me louco,

Embora não tenha aprendido ainda a descerrar as velhas gavetas que me contém desde criança.

Aciono o metrônomo e começo a tocar minimamente no ritmo.

Marco o tempo no relógio que nada marca, lento como o crescimento de raízes, furioso como a descamação uterina.

O jardim intacto transmuda a consciência-de-fogo que exponho para aqueles que se debruçam à beira do abismo. Uns gargalham ante a visão do fogo, outros acham que não existo,

Que sou lenda que se conta para as crianças aprenderem a distinguir entre o real e o imaginário.

Uma incerteza cai sobre o meu coração de serpente, coração primitivo e caótico, chama nascida nos desertos, chama nascida para si mesma.

Outrora foi necessário que os sineiros badalassem seus sinos agrestes.

Persigo os lagartos em suas tocas, desenhando sombras no chão, eles fogem entre as folhas secas, desesperados, com todas as suas pernas ligeiras, pressentindo que irão se transformar em pedaços retorcidos do meu jantar.

Eu serei mesmo eu?

Ou um colecionador de selos descuidado, que marca com a gordura dos dedos suas preciosidades?

Que os sinos vociferassem, batendo nas pedras das ruas, arrancando-se as vestes.

Sobre os muros, minha cauda é corda espessa, e se enrola com raiva cinzenta quando eles se esquivam e desaparecem nas pedras.

Que os sinos gritassem os nomes das gentes, nome por nome, porta por porta, pedra por pedra, até a fadiga.

Talvez eu seja um deus taciturno e mortal, esquivo como os lagartos, mas ainda assim, um deus. Talvez eu seja mesmo deus, deus-diabo, deus-criança, pois já sinto no ar o cheiro da destruição e da morte.

Porque outrora foi necessário que os sineiros badalassem seus sinos agrestes.

Será que Ele já começou a dançar?

Não, não ouço as guitarras, não ouço a presença das mulheres, nem as fanfarras; acho que é ainda um chamado, um aviso;

Posso antecipar-me ao mensageiro no caminho dos passos.

E, por mais que alardeassem, não lograram acordar as gentes.

Nosso tempo então vai chegando ao fim em montanhas que explodirão; lagartos, almas penadas – e mesmo eu – devemos todos nos sujeitar ao final dos tempos e à sua decifração.

E aos sineiros nada restou, senão retornar aos seus casarios desvalidos.

Suponho que me caberá ao menos um lugar de honra para assistir à dança das esferas.

Onde, desde o Sem-Tempo, persiste o silêncio.

Um lugar de honra e um bom copo de tequila. Não preciso mais do que isso.

Exponho-me às serpentes que finjo entender como irmãs, irmãs da terra, minhas irmãs.

Palavras são serpentes. E a realidade e a consciência são truques, fazem sentir que há um chão e que sobre ele se pode pisar e estar firme.

Chão das estepes, onde ecoam sinos de fogo e de bronze. Não pisamos senão em nossas sensações selvagens.

Oblitero meus sentidos com música alta, tabaco forte, TV sem som;

E empreendo eternas viagens, a obra de Fernando Pessoa, a campanha de Canudos, a história de Mohammed edh-Dhib.

Exceto pela poesia necessária de Neruda, o restante da vida é de uma irrealidade risível.

Nos Altos da Bela Vista

Nos altos da Bela Vista deixei-me ancorar em velhas memórias, memórias tão velhas quanto as muitas vidas que vivi até agora.

Pensei encontrar outra Manoela em alguma aurora, mas a minha (embora nunca realmente minha) foi um espírito artístico que passou pelo mundo lendo, pintando, encenando formidáveis episódios da vida.

Amigos, quantos os tenho, protagonistas de catástrofes nesta terra de assassinos de onde eu vim.

Amigos, quantos carrego comigo, mesmo os que levei à guilhotina, suas mentes ainda funcionando nos cestos, os olhos se mexendo;

Quantos encaminhei para a forca, e ali fiquei olhando-os eretos e lascivos, enquanto os moleques lhes atiravam pedras, quase sempre certeiras.

Todos os queridos amigos, os viciados e as putas da Bela Vista. Todos os meus queridos amigos, os poetas anônimos da Bela Vista.

E onde, depois de cruzar os ridículos semáforos das noites, posso encontrar descanso para o peito acossado por tanto lembrar?

Lembrar as mágoas divinas, os gestos desconjuntados, as admirações não correspondidas, lembrar as escolhas mal feitas, subreptícias.

Coleto suor numa gamela para algum elixir.

Estive nas montanhas cósmicas de todos os impérios, e em cada uma delas pude reencontrar-me sob alguma forma bizarra: deus com cabeça-de-gato, lenhador em um mundo sem árvores, consciência sem ser material para abrigá-la...

O além-mundo clamou por mim e eu pude ser qualquer coisa que quisesse nos limites da História.

Sou soldado. Um bom soldado, espartano. Se me mandarem matar, eu mato. Já matei muitos, não sei quantos.

Também não penso muito. Não ensinam a pensar aqui na caserna.

Como subi de patente, sou agora comandante, mas ainda assim soldado. Sempre haverá alguém acima de mim, alguém com poder de ordenar: mate! E então eu matarei. Ou então ordenarei o mesmo a alguém abaixo de mim.

Matar, comer o tutano dos ossos.

Este é o manual da disciplina.

Pensando assim, que diferença faz estar a serviço de Sua Majestade ou ser agente do Mossad? Serão sempre os mesmos mandamentos.

Hitler era soldado, mas não ter ninguém acima dele de alguma forma o afetou.

Um soldado sempre deve ter alguém a quem obedecer.

Quando soube que o fim do mundo chegava,

Mandei minha esposa embora de casa e caí na clandestinidade, carregando somente um exemplar do Livro das Mutações para fins de orientação.

Antes estudei com cuidado possíveis metas, fiz planos. Pensava de fato em apenas adiantar para alguns o inevitável, ajudar o Ceifador no seu trabalho.

Algumas vítimas estertoravam, chapéu nas mãos, face raivosa de quem não queria abandonar a carcaça.

Outros tentavam se defender, escondiam-se em fortalezas armadas. Tudo em vão.

Outros ainda sorriam à minha chegada e entendiam os meus desígnios.

Havia os que nem me notavam. Eram os meus preferidos.

Espero chegar o dia para ver as crianças brincarem de queimada. Sentir o cheiro do sangue com salitre escorrendo nas sandálias. Estamos numa ditadura e meus atos são justificáveis.

Olhar as crianças brincando no parque, no dia seco e sem nuvens, espedaça minha razão. Deus começa onde termina a razão, mas em mim, nem a razão bem termina, nem Deus bem começa.

O mundo é despropósito e eu desapareço nas sombras dos prédios, os olhos vermelhos de tabaco ruim, as mãos sujas do trabalho.

Amanhã, na madrugada, diante das multidões de galáxias, outro rosto será mutilado e sua pulsão de vida será a morte bem-vinda e o barro negro do ribeirão.

As crianças detestam creme de aspargos e aguardam tornar-se adultas. Olham-me com o rabo-dos-olhos. Quantas irão se encontrar comigo, abandonadas naqueles porões sem janelas? Depois cartas serão escritas e enviadas para seus pais.

Este fingimento me enoja. Apenas faço o meu trabalho, o resto é propaganda política; e detesto política.

Pergunto a Deus sobre o dia em que nasci pela primeira vez como verme, depois como dragão, e, enfim, como turaniano das estepes bravias.

Quantos homens matei para sobreviver, quantas mentiras inventei que depois outros recontaram, quantos filhos criei, sobre tudo isso quis saber. O Pacificador permanece calado. Talvez queira me poupar, proteger-me da minha curiosidade infantil.

Percebo que Ele está lá, pressinto sua respiração e nela um intervalo de veneração infinito.

O Terceiro Olho

Desconecto os telefones para não ser incomodado neste sono no qual submerjo, então abro os trincos e as passagens.

Descalço no chão de granito – e já é sonho – tomo-me por passados esquecidos e acendo a lâmpada que se chama terceiro olho.

Percebo fendas por meio da luz, são seis da tarde, hora crepuscular; no velho rádio de válvulas toca a Ave-maria.

Minha consciência é outra, não porque durmo e sonho, mas porque nego minha segunda natureza, que num transe me conta o que aconteceu e o que acontecerá;

Grito esta palavra – normal! – e acordo; mas se a manhã ainda não veio, torno ao meu transe que gostaria fosse apenas um sono sem sonhos.

Então a figueira anciã sobe e atravessa o teto da casa, espalhando sua copa monstruosa por sobre o telhado. Do outro lado da rua recapturo meu êxtase, como um fingimento,

Mas não, sou o que sou, mergulhado na vereda dos não-acontecimentos, sentado nas encruzilhadas, entre a alma ancestral e o morfologista obtuso.

A nuvem negra chegou e passou, mas não fez chover, ou, se choveu, não houve quem notasse. Chorávamos todos, cada qual por seus motivos.

E ela passou rapidamente, mas quando estava sobre nossas cabeças seria de se jurar que de lá não sairia, de dentro de cada um, única nuvem escura que ninguém mais via,

Mas o que víamos muito se parecia com o que pensávamos que o outro via e que dor essa, não a de sentir dor, mas a de imaginar que todas as dores pudessem ser iguais à nossa.

Senti a corda amarrada ao meu tornozelo direito e tomei como saudável esta amarra na Realidade. Pensei: sou louco demais para ficar à solta.

Os filhos nasceram e cresceram e tentei brincar com eles. Eles perceberiam antes de mim que a corda se enrolara ao meu tornozelo esquerdo. Pensei: não fica bem para um pai de família querer brincar por aí.

Fui levando a vida, mas virava na cama, de cá para lá, de lá para cá, e passados os anos percebi a corda enroscada à minha cintura. Pensei: estou velho demais para ficar à solta.

Outros anos e a corda em meus braços, nos ombros, nas mãos. Pensei: a troco de que deixei esta corda me tolher? Não quis a morte, mas já não havia como.

Todo o povo parou para ver as execuções dos poetas, cidadãos do mundo desfeitos em êxtase, a realidade estancada, o pensamento circular a aprisionar a existência.

A turba sorriu de maldade, no sentimento que ninguém sabe de onde vem e que afasta o Presente do Passado.

Os poetas, que irão morrer apenas porque criaram algo a partir do Nada, os poetas, que nada sabem a respeito da morte, e que pensam ir em busca da verdade do mundo,

E pensam no último instante poder parar, por insensato, o Tempo, convocando iletrados, psicopatas, idólatras e homens comuns a sair de seus abrigos

E resistirem, triunfantes, ao poema.

Há dias tento romper o silêncio de mim para comigo e sinto que sou um xamã que toma e transforma as almas. Fico mais próximo da realidade do que nunca.

Em outros momentos pressinto a fera medonha urrando dentro de mim, querendo sair, capaz de matar, desejosa, sedenta, pronta para mandar a realidade à putaqueupariu.

Ainda, em outros momentos, sinto-me tolerante, falível, ansioso por chegar no horário da psicoterapia e constatar o quanto sou imperfeitamente humano.

Realizo-me então como um canal por onde vêm a ser entendidos os sonhos, que às vezes não dizem nada, e às vezes revelam o mundo.

É tão claro, é tão evidente o que não quero.

Não ignoro a fúria potencial, o ódio, a raiva, a rejeição desastrada. Também sei sentir estas coisas. Ignoro, tão perto da morte, alguém me dizer que não posso ser amado.

Pobre Caim, perdeu seu irmão, perdeu a benção dos pais, perdeu, por inveja, o favor de seu Deus.

Ele chora sozinho na escuridão do campo e se esconde da podridão de si mesmo. Está sozinho por dentro, quebrado, nem os filhos aliviam seu peso.

Há um fogo queimando seus sonhos – ele já conhece todas as estrelas. Mas o caçador se sente só. Por que foi matar seu companheiro interior?

Não importa que nome dê para Deus, Ele não ouve.

E de que maneira o que era Ausência passou a ser Existência ninguém nunca soube. Há a Existência e a Existência é tudo o que há,

As raízes das árvores apodrecem e as árvores caem, essa é a Lei.

Procuro sobreviver à minha própria morte. A um só tempo sou eu mesmo e não sou. Fico ali parado, investigando meu corpo como a um subsistema de mim; se isto é a morte, por que demorou tanto?

Seria como se eu nunca tivesse existido, sem passado, sem história, sem poemas, sem consciência.

Muito estranho pensar que seja possível não pensar, que por um átimo posso não estar morrendo, mas sendo expelido por um túnel de encontro a uma outra vida,

Comunicando-me com outros espectros parecidos comigo, mas tão diferentes, com expressões diferentes,

Contraditórios, ilógicos, transformadores, indo do Oriente ao Ocidente, de ponta a ponta, em idades que não ouso contar.

Quantas vezes cheguei, para recomeçar a partir, quantas vezes ouvi dizer que não há diferença entre a física e a oração, quantas vezes teimei em tentar me inserir em lugares que não me pertenciam e colecionei rasgos em meus paletós.

Morri. Morri apenas, só isso, nada mais. Morri da mesma maneira com que vivi, teatral, sem saber exatamente do que se tratava.

Os Olhos de Ônix

Os olhos de ônix me fitaram, os longos cílios lembrando Miró,

Me lembrando praias mortas,

Enquanto escrevia manuscritos à espera dos Últimos Tempos.

Desrespeito os horários, desrespeito as fronteiras entre os seus e os meus sentimentos, invenções a que damos valor de verdades.

Dentro dos olhos de ônix as pupilas se remexem buscando as entrelinhas, sempre mais persuasivas do que o discurso declarado.

Somos vítimas de virtudes secretas e repovoamos os sonhos de Deus que ficaram vazios depois que Eliot escreveu tudo o que havia para ser escrito.

Zarpo à procura de Saturno e meu fogo é estridente.

Escrevo todas as noites o tempo de um cigarro, e aumento o tom da minha voz para fugir à loucura,

Quero me ouvir, quero me persuadir de que pontos de vista são apenas pontos de vista.

O olhar de ônix é recíproco, cônico, prenúncio do paradoxo,

Nenhuma afeição como dever filial, nenhum túmulo de mármore,

Nenhum médico particularmente interessado em seu caso, nenhuma ofensa inédita,

Nada. Tudo passa, a velhice passará,

O bálsamo da vida é não dividi-la em capítulos,

Sequer dar-lhe título.

Escrevo uma carta estranha, endereçada Deus sabe a quem. Uma benção, incensos, adjetivos, e é tão difícil morrer.

Durante onze longos anos lanço ao vazio vaticínios que alguém coleta numa brochura.

O lume da velha lamparina cheirava a almíscar, eu desabotoava minha alma e sentava para a ceia.

Havia apenas aquela praia deserta, a chuva e eu, desencadeando a tormenta.

Os sentimentos não têm latitude, não têm longitude, mapa nenhum para a sua geografia.

Na travessia entre a concepção e a pira experimento tudo o que, nesta câmara, chamo vida,

Rasuras que a cada vez gostaria de editar, mas nunca há tempo, ou a preguiça não permite.

Entro pelos becos dos que se apaixonam por mim, amigos, amantes,

E em suas paredes grafito arabescos, em seus vales, sofismas indecifráveis,

Cegos andaimes por onde possa escalar, e depois me atirar das alturas.

Assim, passo eternamente do primeiro dia da Existência ao segundo, e de suas aberturas reticulares me jogo no mundo.

A Irmandade

Caminho pelos cômodos que conheço como os recessos da alma,

Deixo queimar todas as lâmpadas da casa e e me transformo numa cabana onde mora e medita uma multidão de entidades.

Bruxo da solidão, anfitrião de um sem-fim de viventes.

E porque não os temo, porque os reverencio, eles me tratam como um dos seus, e, às vezes, conversam comigo.

São tantos, com seus corpos enevoados mas vivos, tão vivos quanto eu que planejo escrever e você que pretende não ler.

Quem deles diz que foram abandonados por Deus se

Engana, todos os que já morreram na verdade continuam,

São como nós, habitam os mesmos lugares,

Suas casas se sobrepõem às que construímos, continuam nos mesmos espaços,

Com seus armários, xícaras, jornais, jardins e guarda-chuvas esperando nas soleiras.

E não só os que já morreram estão aqui. Todos os deuses e deusas também caminham distraídos; entram em minha casa (assim como entram na sua).

Os seres criados pela imaginação igualmente. Foram criados e simplesmente existem, estão vivos.

Eles me falam ao pé do ouvido de suas vidas que se repetem, e assim eu os convoco.

E os incluo neste poema.

Encarnações

> *Assim como o homem se despoja de uma roupa gasta e veste roupa nova, assim também a alma incorporada se despoja de corpos gastos e veste corpos novos.*
>
> BHAGAVAD GITA

Em outras encarnações fui colecionador de ossos de santos, coletor de impostos, contador de casos, tocador de alaúde, matador de jagunços a paga, plantador de milho selvagem, jogador de dados marcados. Fui traficante de ópio, fui perseguidor de mulheres.

Em outras encarnações comi carne humana, domei elefantes, saltei e caí do trapézio, ergui muralhas visíveis da lua,

Proibi e cometi sodomia, martirizei inocentes, desbravei terras novas, satirizei minhas irmãs, escolhi os que iriam morrer.

Em outras encarnações derrubei casas e reinos, dilacerei o ventre por honra, ajustei o cilício por prazer, levantei orações, compilei poemas e épicos, corrompi gerações, enganei o Diabo, descumpri promessas.

Em encarnações ancestrais, dei-me em sacrifício, holocausto, hecatombe; franzi o cenho diante das chagas de Cristo, delatei meus melhores amigos.

Sobrevivi ao gelo e à fome, desvendei enigmas, bati em mulheres e vaguei pelo mundo, vendi minha alma, gerei bastardos, envenenei inimigos.

Em outras vidas antigas, espalhei pragas, desenvolvi culturas, escravizei índios e negros,

Vendi prostitutas, curei doenças, inventei filosofias e abusei das drogas, desmantelei países.

Em todas estas encarnações fiz coisas incríveis,

Escrevi o Gênesis na corte do rei Salomão, obriguei os romanos a se tornarem cristãos, joguei duas bombas atômicas sobre os japoneses, destruí a biblioteca de Alexandria e tudo o que ela continha,

Amei Catherine Deneuve, mesmo antes de ela haver nascido, derrubei o Império Inglês com a força da paz, escrevi os Cantos. Dinamitei as terras do Congo, peregrinei disfarçado a Meca e Medina,

E reinventei o Universo, saqueei as costas da Irlanda, demoli a montanha de prata dos Incas, queimei hereges em fogueiras sagradas.

Sempre morrendo, para então renascer e morrer novamente.

Hoje, aqui, nesta vida, observo a saliência dos ossos, recolho os impostos, conto casos, sou filho de jagunço, planto azaleias, jogo sinuca nas casas de tolerância. Trafico ideias, persigo as mulheres.

Hoje, aqui, nesta vida, devoro guisados de entranhas, domestico ilusões, tenho medo de altura, ergo muralhas, cometo sodomia com culpa, felação também.

Menosprezo os santos e não sei quem poderia ser inocente,

Conquisto terras antigas, escolho como vou morrer.

Aqui, hoje, nesta vida, vomito nos imperialistas, dilacero o ventre por prazer, ajusto o cilício com honra, levanto orações, escrevo poemas e épicos, procrio gerações. E me reconcilio com o Diabo, e descumpro juramentos.

Nesta vida que vivo, aqui, hoje, eu me ofereço em holocausto, hecatombe, sacrifício, encurvo o semblante diante das crianças de rua e me escondo dos amigos. Sobrevivo ao calor, proponho enigmas, enredo meus inimigos.

Hoje, aqui, nesta vida que vivo, acaricio as mulheres e vago pelo mundo, procuro por minha alma, gero filhos. E rogo pragas, e destruo culturas, encurralo índios, compro amor às prostitutas, dissemino doenças, invento filosofias. Caminho por países estranhos, abuso das drogas.

Nesta encarnação que agora desfruto faço coisas incríveis,

Reescrevo o Gênesis e também o I Ching, o Bhagavad Gita, o Avesta, as Upanishads e o Livro de Dzyan,

Meu mundo de sonhos que tudo contém, e tudo permite.

Desobrigo os cristãos de serem somente cristãos, podem ser espíritas, espiritualistas, seguidores da Cabala ou do Daime, podem ser umbandistas.

E recolho os fragmentos radioativos de Hiroshima e Nagasaki, recrio Chernobyl, distribuo césio, jogo aviões em arranha-céus e bombas em escolas infantis. Reconstruo as bibliotecas do mundo,

Amo Catherine Deneuve, transformo a família real inglesa num reality show, e releio os Cantos sabendo que nunca escreverei assim. Não me lembro do nome atual do Congo, peregrino a Santiago de Compostela,

E reinvento o Universo, saqueio as lojas da rua 25 de Março, dou polimento às peças de prata de casa na esperança de que algum fragmento tenha vindo da montanha dos Incas. Queimo meus mortos em fogueiras hemáticas e depois rezo por suas cinzas.

Sempre esperando morrer, para então renascer e morrer novamente.

Nas encarnações a seguir, pretendo fazer diferente. Terei meus ossos lustrados e montados numa vitrine, mandarei os impostos e os coletores de impostos à merda, contarei casos, reviverei Hendrix, serei um jagunço e plantarei papoulas transgênicas, jogarei roleta-russa. Traficarei emoções, perseguirei as mulheres.

Nas encarnações que virão, comerei pedras, dominarei meus instintos, cairei do telhado, praticarei felação e sodomia sem culpa,

Serei santo, e, quem sabe, inocente,

Me reconstruirei com terras raríssimas, satirizarei as noivas de Cristo, escolherei quando iremos morrer.

Nas encarnações que virão, serei um imperialista, dilacerarei o ventre numa barganha com Deus, ajustarei o cilício noutra barganha com Deus,

Levantarei orações, desprezarei a Poesia e os épicos, e me afastarei das gerações. Descobrirei que sou o próprio Diabo, descumprirei contratos.

Nas encarnações que virão em seguida, negar-me-ei ao holocausto, à hecatombe, ao sacrifício, e farei um sinal mal-educado aos deuses e ao mundo.

Erguerei o sobrolho aos idosos saudáveis que dão prejuízos ao sistema de Previdência Social, serei meu amigo.

E sobreviverei às mudanças do clima, e serei eu mesmo um enigma. Entenderei as mulheres, vagarei pelo mundo, reencontrarei minha alma, gerarei querubins. Darei festas aos meus inimigos.

Nas encarnações que virão, espalharei pragas, cultuarei culturas, caçarei negros e índios, alugarei o amor às prostitutas, oferecerei a morte piedosa aos doentes, e inventarei filosofias. Abusarei das drogas, construirei países.

Nas encarnações que virão, farei coisas incríveis,

Reencenarei o Gênesis como se de fato ele estivesse ocorrendo outra vez, reencenarei a cosmogonia suméria, a grega, a egípcia, reencenarei o Popol Vuh, o Ramayana e o Mahabharata,

E tudo recomeçará no meu mundo de sonhos, que tudo contém, e tudo permite.

Recuperarei a Cristandade apenas com o Evangelho das Sentenças, desmantelarei todas as fontes de energia nuclear e de radioatividade, pedirei desculpas aos japoneses, aos russos e aos brasileiros. Direi não aos terroristas.

Mais do que livros, gerarei pessoas que leiam os livros, amarei Catherine Deneuve mesmo quando ela já não exista, verei a família real inglesa transformar o mundo num reality show. Finalmente deixarei de escrever, por já haverem sido escritos os Cantos, o Congo não existirá mais e não mais precisarei me preocupar com seu nome, peregrinarei a Jerusalém, reinventarei o Universo, saquearei o Prado, o Hermitage, o Louvre,

E pensarei que terá valido a pena viver todas essas vidas.

Visitarei os Incas e seu país ancestral, infinitamente mais preciosos do que aquela maldita montanha que lhes foi roubada, e queimarei minha alma

Até não ser mais necessário nascer ou morrer.

A palavra se perdeu e sua alma aprisionada no calor das línguas místicas.

Nas heresias não proferidas se perdeu, nas águas que escondem os livros por vir.

Abba! Tira de mim este abandono e dá-me a palavra, dá-me a palavra inteira e enigma.

Abba! Ajuda-me a caiar as paredes das casas, acender os incensos,

Não me deixes definhar diante de uma cidade de túmulos.

A Lei se espalha sobre todos: os que a seguem e os que ela persegue.

Palavra que impõe diferenças entre o misticismo e a ciência.

A Lei é seca como um travesseiro de flechas.

Há um princípio em cada fragmento, uma nova física e um novo mundo,

Tendo ou não as coisas sido criadas por Deus.

Há um princípio em cada fragmento, em cada escolha, em cada criatura.

No puro ato de crescer, de movimentar-se entre os limites, está a manifestação para além de si mesma, iluminuras de um livro em cuja guarda não há nada escrito.

Os eruditos buscam a palavra para dar ao mundo obras que o mundo não quer.

Em tabuinhas de barro, papel reciclado, canivete na carne,

O que se inscreve é exatamente aquilo que não se deseja saber, assuntos que o taverneiro desconstrói quando a luz do dia anterior se foi e já embriagados os poucos fregueses dormem.

O taverneiro conta e reconta aquilo que sabe – isso mesmo, todo taverneiro sabe – que ninguém ouvirá.

Das prateleiras recolhe os eruditos e questiona sua autenticidade diante do Juízo de Deus.

Pode ser que leia a Bíblia ou as últimas novidades dos pesquisadores da Universidade Livre da Holanda,

Pode ser que naquela noite em especial dê preferência aos poetas sufis, ou conte uma vez mais a história do Judeu que não morreu e que talvez até esteja entre os bancos ouvindo, embora só se detenha um momento.

Tufões, furacões limpam as bancadas antes repletas de bebidas, o taverneiro observa.

Nas feiras, verdureiros gritam as virtudes dos seus produtos que algumas donas de casa olham com desprezo.

Este é o palco mais sóbrio do comportamento humano, reunião entre os que sempre oferecem e os que sempre querem comprar,

Multidão de comerciantes e intérpretes.

E as palavras, as palavras esperam pelas crônicas do dia que foi,

Estão nos mercados, onde sempre estiveram, contando bois e tonéis de cerveja,

Nas aldeias, em histórias de fome e de pestes,

Na imaginação vagabunda das pessoas comuns que, quando não estão fazendo revoluções,

Simplesmente estão cuidando da vida e dos filhos.

Não se escutava o que diziam os eruditos, por dizerem coisas de santos.

Falavam pouco, comiam pouco, nem se sabe se dormiam.

Não sentiam dor, não porque a dor não existisse e nem mesmo porque fossem imunes a ela,

Mas porque não lhe davam atenção, não havia tempo para isso.

Caminhavam tão silenciosamente que se tornavam imperceptíveis ao mundo.

E a palavra, a palavra se perdeu. Do dia anterior foi roubada, e sua luz.

Quanto a mim, seguro com força o talismã de Antioquia, apertando-o entre os dedos.

Jaraguá

Um grito que semelhava à pintura, inexprimível por palavras. Sozinho, como quem se deixa embalar pela lua que vêm subindo, permaneci em pé na fralda da montanha.

GŌZŌ YOSHIMASU

Percorreram o Caminho os desgostosos e os puros.

Sob a névoa das manhãs em que a vida recomeça, transformando-se no oposto de si mesma, como tudo,

Uns e outros se acompanham rumo ao topo da montanha.

Do alto, os recitadores incentivam a multidão, usando a palavra metafórica para falar do Jaraguá

E da verdade que se esconde em suas entranhas.

Subimos pela face ocidental (subo também), todos concentrados demais em suas tragédias para perceber a Beleza logo ali, nas faces sulcadas do deus,

No centro que compõe o seu coração de montanha.

Durante o percurso me transformo lentamente, bem diante dos olhos dos outros, os puros e os desgostosos,

E debaixo da terra me dissolvo à maneira vulcânica com que aprendi a pensar.

Os sons da negação me ordenam: não faça, não haja, não seja! Mergulho no lago escuro, e Jaraguá se comove,

Desvenda para mim seus poderes e caminhos, subindo à verdade que fica no alto das torres.

O rio de ouro passa com sua febre, conta a história da Criação,

E em suas margens sentam, lado a lado, o deus do mal e o deus do tempo, ambos com seus sagrados motivos, revertendo o curso da vida, que vai quando deveria voltar

E se deixa ficar quando deveria ir adiante.

Somos todos desastres à beira de um sonho, todos prisioneiros de um tempo que anuncia a metafísica,

E olhamos o rio correr pela circunferência do mundo.

Por bilhões de anos estive aqui

E nenhum pensamento pode me tirar deste estado que é a própria natureza do Ser revelada em si mesma.

Hierarquia dos Mortos

Morremos com os agonizantes:
Vê, eles nos deixam, e com eles seguimos.
Nascemos com os mortos:
Vê, eles retornam, e nos trazem consigo.

T. S. Eliot

Os abanadores de cabeça fazem, diligentes, o seu trabalho, sempre concordando com o que dizem os juízes, que também, sem fraqueza, fazem o seu,

E sempre condenam os homens nascidos da terra, sejam eles culpados ou inocentes.

Os padres acendem os incensários e apuram os ouvidos para as confissões.

Assim se comportam os mortos: eles se ocultam, se aglutinam nas nuvens.

Não nos permitem saber onde nos encontraremos quando não houver mais ciência para nos dizer onde estamos,

E se nesse lugar queremos ficar.

Os mortos se escondem nos escombros literários, sem perceber entre as pilhas de textos

A passagem que falta para além dos limites do mundo.

Há apenas um caminho a seguir e este caminho não leva a lugar algum.

No Largo da Freguesia do Ó paro para ver a igreja.

Descanso enquanto a vida progride e algo talvez esteja sendo restaurado desde as entranhas da terra.

Quando as coisas estragam, eu estrago também.

Temos pela frente um domingo, nada nos faltará. Todos os domingos nos proveem do absurdo. O mato fica seco, a chuva explode quando quer.

A maneira com que conduzimos nossas vidas é dolorosa para os pássaros que tudo veem, nossas almas, nossas imperfeições, nossos corpos em busca de uma morte gozosa. Quem diria

Que eles constituem uma espécie de confraria e depois contam uns para os outros tudo aquilo que viram.

O mato continua seco, prestes a se incendiar. E há um incêndio em nossas mentes dominicais.

Tudo o que penso entrego em noventa e cinco teses e vários rascunhos mal-feitos, que vão aonde vou,

Embora deles não necessite.

De onde vêm meus pensamentos não sei, mas que importa?

Transformo todas as coisas que encontro, me afeiçoo a elas, qual fora Shiva recriando a partir da sua destruição.

A Nuvem de Oort

"Curvo-me diante de Shiva."

Quando o Deus-Acaso criou o mundo, pensou que ele próprio existia, e mandou mensageiros contarem a todos sobre a sua existência.

Nunca se soube se a sua conclusão sobre si mesmo era falsa ou se verdadeira, seja pela imaginação da fé, seja pelas metodologias científicas.

O deus tornou-se por isso irascível e passou a maltratar as pessoas, lançando hipóteses acerca do que houvera antes do princípio dos tempos e distribuindo confirmações ora plausíveis, ora descaradamente depravadas,

De que apenas quando se transformassem em homens novos poderiam antever a primeira causa sem causa e entregar-se a si mesmos,

Alcançando enfim a potência da Sua realidade. Com base nestas ideias rodopiantes um manual para os homens perplexos foi escrito, e logo foi tomado como revelação,

E tanto os desembaraçados humanos quanto o próprio Deus-Acaso passaram a acreditar nele, e de que este a tudo deveria salvar, sendo convincente em assegurar a sinceridade dos matemáticos e dos inquisidores.

O mundo então criado e os homens subservientes, o deus envaideceu-se e passou definitivamente a crer em si mesmo e em sua existência,

Passando o tempo a ler as histórias dos seus profetas, que falavam da natureza das coisas e da extensão do Universo.

Do fundo do Espaço e do Tempo, o deus nada mais era do que puro prazer oscilante, ambivalente, irreligioso em sua ocorrência,

E magnânimo em seu exílio de existência nunca totalmente comprovada.

Caminhar a qualquer custo, desejando ser tantas coisas quantas coisas que existem.

Conjecturando sobre as leis concebidas para poder conjecturar e ter desejos.

Caminhar nas ruas de Zurique pesquisando imagens xilográficas e beber cerveja nos bares.

Lentamente, as mãos começam a formigar, meu corpo entorpecido e a fala desarticulada. Quase a metade do cérebro está morrendo nesta manhã que parece não entardecer mais. Desfaleço.

Encontram-me prostrado, empapado de suor no chão da sala. Há quanto tempo estou assim, nesta fábula?

Assim estou desde sempre, autêntico. Assim sempre estive, e não sabia. Olho a angústia nas faces, me surpreendo: sempre fui assim, e não sabiam.

Este purgatório de lençóis em que existo, corrompido por nada poder fazer. Torno-me planta. Planta que pensa.

O mundo que vejo agora é matéria bruta, que não lapido mais, não julgo. Não há mais história, não há mais movimento. A mente não cria, desliza. Os sentimentos não sofrem ou gozam.

Não há mais mestres.

Ouço alguém dizer, assustado, que o grande deus Shiva começou sua dança.

Intimamente sorrio.

Criei o Criador.

Tentei criar o Homem Perfeito,

Descendo o desfiladeiro formado pelos escaninhos da mente, pleno de espanto e confiante de que o vento me ajudaria na busca do lugar que me pertence.

Na origem dos destinos:

Provocação, partilha e orações proferidas na hora do sono,

Orações que se materializam e depois se dissolvem no Uno e são prontamente esquecidas.

Enquanto Shiva dança, Manifestação, Realidade e Universo se revelam idênticos, diferentes nomes para a mesma coisa, cuja essência e natureza é o Movimento, a Mudança,

E, em palácios repletos de memórias, desenvolvo poemas circulares que desvelam a interpretação primeira de tudo, trazendo à tona mundos que prescindem do Eterno e do Absoluto.

Enquanto Shiva dança,

Os homens se ocupam de ser

E, às vezes, o Tempo e o Espaço por dentro se expandem tanto

Que uma alma vem a se constituir num Dostoievski ou num Kant.

Mas o que há para além – aonde Shiva irá nos levar – não há gnose, ciência ou arte que vislumbre.

Título	*A Dança de Shiva*
Autor	Ricardo Pires de Souza
Editor	Plinio Martins Filho
Produção Editorial	Aline Sato
Capa	Tomás Martins
Editoração Eletrônica	Daniela Fujiwara
Revisão	Cristina Marques
Formato	14 x 21 cm
Tipologia	Adobe Garamond
Papel	Pólen Bold 90 g/m^2 (miolo)
	Cartão Supremo 250 g/m^2 (capa)
Número de Páginas	88
Impressão e Acabamento	Prol Gráfica e Editora